六花書林

阿部久美

Abe Kumi

歌集

ゆきい、泥の舟にふる

ゆき、泥の舟にふる　＊　目次

I

II

カバー・口絵写真　矢吹尚也
装幀　真田幸治

ゆき、泥の舟にふる

I

希

隣家はや寝静まるかも首ほそくうなだれながら罌粟の花たち

草匂う夕べの道を帰りきて　しんじつ独りであらば何する

希わくは清潔にわれ生きたしよ　いちいち他人に質問せずに

たいせつにされて心底かがやける確かにゆっくり捨てられるまで

晴夜から晴夜へ渡る泥の舟ふたり漕ぎつつ歌唄いつつ

死んだこと生きていたことみな忘れ吊り橋揺らし遊ぶよわれら

約束も秘密も夭《わか》きことばなり水に腕《かいな》を挿して探せど

夕映えてどうしようもない峠ありここからずっと悲しいじかん

えぞにゅうはただいたずらに高々と伸びて海など見尽くすごとし

匙ほどの日本列島耿耿と新版世界大地図の上

遠浅に日本の海ゆかしくて瞑ればば膝がもってゆかれる

遅くきた涼しき夏を立葵　終わりまで咲くそれからしぼむ

死んでゆく花と思わぬうつし世をさらばと言って消えてゆくのだ

かなしいと言った途端にゆがんでる　かなしかったとまた、言い直す

壮の字の冠のせる者どもよきちんと歩けしずかに曲がれ

どの長も徒と誉の中ほどを粛と行くべし花愛でながら

不機嫌なされど満月てらてらとそこからわれにくだりぬ、あかり

ひとひ終え愛《かな》しみふかき手と足を外して眠る、たちまちの間に

あっけなくこころ以外は踊りだすその日サロメは惨めだったか

虚仮威しのこれも比喩なり巨きくて夜を吸い込むごときヒマワリ

夜道ゆく自分に薫《くゆ》る影がありそれを夢とは思わずに見る

感傷はバスにゆられて降りるまで身中にいるくれないの虫

左右《さう》の掌《て》をそとへとひらき 幼《いとけな》き闇の王女とわれはなるかも

すらすらと詭弁をつかい「では、また」と締め括ってもそう雨は雨

夏終わるうずくまりたる砂浜のかもめは群れてみな海をむく

夕されの海の色とは何色ぞうすきみわるくきらとしている

布を裁つはさみの見事見るときのせつなくなれる臍下丹田

口あけて猫が死骸になりし朝その朝光《あさかげ》にたじろぎにけり

猫たちはその父母《ちちはは》に抱かれたか　いいえ、ちいさき頃も抱かれず

くるしみの歌の声へと寄りゆけば雨風のあき、雪止まぬふゆ

腿をあらわに川渡るとき

朱夏と引き開いたままの広辞苑　風の流れのなかにわが部屋

芥子の花くらくゆるるを思うべしのぼりはじめた月の赤さに

日月の影なる場所に花ゆらし命のために痩せてゆく水

七月の異称「冷月」「涼月」を知りてにわかに会いたき人ぞ

海を見てその波の音聞かぬなり空気調整された車中に

ポプラなど嬲り撓ませ恋のためする復讐ぞ、青嵐吹く

庭先に大きな芙蓉が咲いている花びらいたく傷ついている

選り分けて棄つる夏服セロニアス・モンクの憂鬱もかかるものかや

佳い四季にめぐりかこまれ幸福のうちにかかわる水の類よ

湧き水に跣《はだし》の入りし記憶かな気泡硝子の水差し満たす

とめどなく水泡の生るる南洋を桃色珊瑚《コーラルピンク》を寝ね際に恋う

たくさんを持てばたくさん失うと慰め顔の叔母のありし日

間違えてこんなところに眠ってる酔いどれのひと見下ろし跨ぐ

雨の中さえずりやまぬ雀らの舌も姿も確認はせず

火の先にさえずる舌の似ておりし小鳥をむかし籠に死なせり

生涯をさむき季節と知るだろう腿をあらわに川渡るとき

夏半ば名刺買い足す　月経は始まり終わるだれにしられず

酢をうめる素水を汲んでその先は有耶無耶としたお話ばかり

ロシア菊ひと群れ咲いている道をさびしさは来る夕立のあと

せつなさの暁星よさようならわたしは水のほとりに帰る

「秋から冬へ、恋物語に寄り添いながら」

秋の草なびいて波のようななか立ち休らいぬ恋に疲れて

脱ぎ滑《すべ》す衣のうえに抱かれて千年前にはじまりし恋

御簾・屏風・壁代・几帳・檜《ひ》の扇　けわしからざる昔のとばり

木戸口につきかげは来て有体《ありてい》な否、一入《ひとしお》な恋のすがたよ

こぼしはらう涙に逢えばつぶつぶと胸鳴り出だす花やかにして

恋い余りあふれだすときあかるくて底まで透けてひとの体《たい》あり

俤《おもかげ》と枕を交わす狂ぶれをだれも禁《いさ》めず中秋無月

横たわる君のまぶたもくちびるも光優《まさ》れり篝《かがり》の影に

朗らかな好色業《すきわざ》をして黄なる葉をはやく趨《はし》らす野分の風は

濃い霧と涼しい山が見え交わすここにはじまる恋情あわれ

白の菊　舞の挿頭《かざし》の紅楓　色呼び覚ます時雨ありたり

もういちど為《す》る恋あるか冬晴れの岬へと来て見る青海波

光る君、雪は希いのかけらなりわたしに降《お》りてあなたにも降《ふ》る

冬の野に恋のさいごを遊ばせばこの世のそとに臥《こ》い転《まろ》びゆく

雪もよの逆光にみるまぼろしは光源氏の後姿《うしろで》なれや

充血する空の下

はったりのたりにくらべてやっぱりのぱりは乾いてはがれるいきなり
英雄《ヒーロー》か救世主《メシア》か来よとまちわびてどの部屋もまだ屍だらけ
あしひきの山鳥の尾のしだり尾の長げえよ、なんだよ長々しいよ

十指組み頭をたれて跪きそしてこの後どんだけ待つんだ

燃え上がるハザードマップのそこここに呻き声とは相聞の声

われの愚と一国の愚と関わるか担いでやるから褌を貸せ

横っちょに細長いってしんじつは隙間じゃねえのか「すき」でも「ま」でも

高層の手すりに凭《よ》せる躰から悲の避の疲の卑の命綱解く

教えたれ手を離したらどなたさんもなんでまっさかさまってなるか

しょっぴいていかれる体を追いかける真っ赤なハートが有るのか無いのか

やんなった船なんだろ顎あげてくちぶえふいてなにが同志じゃ

海に向けば海もこっちを向いている刺し違うとはどんな力みか

高らかにでまかせ言って没ちていく明日があるというようなこと

サイレンはだれかの不幸「吠えんかいっ（怒）」好物ばっかし食う座敷犬

教会は古びてモルタルが落ちるあがなう罪を抱えてゆけば

傷つかず血を流さない脇役が助けてぇ守ってぇ保障してぇって
ただ一人が手を血に染めて生き残るやさしき月のあかり射す街
サクラ・ヤラセ一切なしって偉そうに自慢顔かい?出直して来い
と、言われて顔を洗った歪めながらこちとら直《ただ》に相手の欲しい

美しくハイウェイ架かる朝焼けよいつまで人は飢えてめざめる

ゆき、泥の舟にふる

伏せているまぶた光れり雪の野を蒼蒼たりと見てきし人か

深雪に足をとられて息をするあなたを聴いて昨夜《よべ》はありたり

氷海に淡き光の生《あ》るる朝死んでもいいと誰か言う声

わがうなじそびらいさらいひかがみにわが向き合えぬただ一生《ひとよ》なり

吸いさしを斜めにおけばたちまよう煙はあわれ草臥れの文字

道なりに灯は点滅し長々《くだくだ》と夜をみちびくみちびかれゆく

凍結の路面に映る夜の灯よ　骨より滲む血があるとかや

うまれ変わりめぐり遭うことあるとしてわたしはあなたがわかるだろうか

助手席にひとを眠らせきさらぎの旅は夜から夜へいたりぬ

歌のなか冬の荒ぶるおんないてわたしのようでわたしですらない

ほのくらくうつむきながらひとびとがこぞりて雪を始末する朝

旧約のマナにはあらねこの荒野に恩沢のごとくふりくだる雪

闇のままはじまる冬の朝朝を炊きあがる飯　白の譬えに

鍵穴に鍵入るような手応えに一語よ今朝に運ばれて来よ

発つひとの残すことばは綿毛にも羽毛にも似てくすぐりながら

七曜はさらさらと過ぎ埒もあらずわたしは春のしたくをせねば

かなしいというのは嘘だ塩足らぬ夕げの菜に飽いてるだけで

そういえばむかし受話器は重たかりき外すときにも戻すときにも

雪肌を粗目《ざらめ》にかえて三月の風吹くなかを　恋というもの

春の季語フリーザーより取り出だしさくりと分けるうすい刃に

まざまざと自分の映る夜の窓　身構うるとき自分は惨し

くぼむところ手をあててやる記憶とはなべて躰につながりてある

タブーとは油か蜜か光沢《てり》やまずわがこの一期の口唇《くち》かわくなり

灯を消して湯船におもう抱擁はいずれも温《あま》く泥に溺れる

泥の舟漕いでいたのは夢をみて箍《たが》を外した男だったか

泥の舟塗っていたのは算を打つ誑《たぶら》かされた女だったか

諸恋の貸し借り返す泥の舟しずんで春の漣おこる

反射してわが身にとどく光ありてひとを追うがに水の淵ゆく

飽き飽きとテレビ画面のあかるさに影をつくってうつしみはあり

濡るる土のにおいはせぬかうずくまり体温計をはさむ躰に

自らを抱き締めるとき余りたる腕のながさよ右と左と

重き扉おさえつついてどのへんに力をいれてたてばよいのか

魚捌きなだめられたるこころ向けてまだ降る春の雪を見ている

積む雪と降る雪が遭う（あなた《おまえ》だとわかっていたよ）しずかな交合

胸先のさむくなるかなたそがれの呼びたいなまえひとつもあらず

《遠吠えの砂漠》と聖書のしるせるは寂しさの喩かこの喩うるわし

かたわらにあたたかもひとの立つようなくらり傾く酔態である

かくまでも春のたそがれ悲をひろげわたしはうすらに煤ける雪だ

ぎざぎざの歯をもつ蛇のいる夢に匂いのあるは恥辱のごとし

外套に外套かさね春寒《はるさむ》の自販機までのひたごころあり

どうなれと高を括っているような横面《よこつら》ゆがみながら一国

国じゅうの天気報せて列島に用心深くニュースは終わる

雪の消《け》て泥濘《ぬかり》とかわる野をすすむ四駆のタイヤは冬のものなり

平凡を真面《まとも》に生きてわたくしであれば大きくあくび出るころ

のうみつな闇におびえし咎人の歌える息に片耳噛ます

この先のどんな夜でもあのひとの声をおもえば声はするだろ

あしたはく靴をそろえて玄関に靴のみじかい影あるを見る

泥だった昨日は今日のあかるみにそそけてしろい土となるべし

傘はあるあるけれどこの逡巡はすぎたる恋と関わりあるか

冬に裂け冬に折れたる白樺に芽吹きをさせて四月が去りぬ

II

ミッドサマーナイト

〈一つとせ〉暑き苦しき夜ありて春歌つぶやく唱うにあらず

深秋の水

花カンナ九月の風に咲くさまの優しき背丈、明るき歩幅

深秋《ふかあき》の水の底よりわれを呼ぶ銀貨に指は届かずてあり

わたしから剝がれて落ちて一枚の鱗が夜のひかりあつめて

急がぬワルツ

けれどもと口ごもる人赦したくくりかえし聴く急がぬワルツ

無韻詩／記憶の海

父と母みじかく添いぬそののちも花花咲きて枯れて歳月

灯のともる薄闇の街抱き寄せて海が最後に暮れてゆきたり

停泊の一艘あれどまぼろしか雪を振り向く父にあらずか

笑まいたる唇《くち》は小船に似ていたる記憶の海に揉まるる小船

知らぬまに浅く裂《き》れたりひとつずつ傷がつきたり親指《おゆび》と小指

古い窓ふぶきに耐えている音の記憶に父母の惨たる若さ

だれかおまえを奪い尽くして忘れたか枯れ葉まばらにのこる梨の木

老い父にいよいよふかく包まれてわたしは冬をいつまで憎む

ささくれの指くちびるにはさみつつ報いのような眠りを待てり

待ちながら見ている海は鈍色の無韻詩《ブランクバース》　死ぬまで孤独

きさらぎの母の忌日の幾めぐりどの日も晴れて沢《ま》して雪降る

説明のいらない日暮れ〈サビシイ〉と〈ヒトコイシイ〉とこころうごくな

歪む花いくつ見ゆるや懐かしき火が衰えて消えてゆくまで

そんな色に海を塗るのか　火の燃える時間は父と絵を描きいたり

骨身の冷ゆる

雪原に雪また降りて重なるを見ていて熱き下腹あたり

恐らくは吹雪である横たわる腰のくびれのごとき峠も

雪の声かなしきことをたずねあいおちてくるかな暗さの夜に

どなたかのよこす伝言〈つぎの春かならず行く〉と暗紛れより

こごえ星二月に逝きしひとたちを空に数えてふるう睫や

凍て風にきき耳ずきん被《かがふ》れば戯れの息、声など聞こゆ

死の胸に固く組まれし十の指ほどく難儀が夢にありたり

まふたつに鉛の心臓割るほどの寒さのさなか街ひとつ消ゆ

耳・眼《まなこ》・腕《かいな》・乳房《ちちふさ》二つある一つ捧げてなんの善意《チャリティー》

幸福な王子の話悲しかりきこどもこころの遠き冬より

雪と火の暗いところがくるおしい　冬の心にこころ添い寝す

冬の部屋　落ち葉集まるひとところ　油絵の具の匂いは満ちて

この冬は来る日も夜も火を守り火には事情があると知りたり

春愁

引く扉　昨夜たしかに声あげてすべりこませた背から胸へと

ゆっくりと春のくらさに雪が降るちいさく悲鳴聞こえて終わる

悪い夢いまも見ているうす闇を裂いて春へとわたしから行く

草と木と枯れているまま三月はこれから冬がはじまるような

温いとも寒いともなく灯をつけるだれかわたしを借りにくるかな

にせものは朽ちない花のようなものさほど悲しきものにあらずよ

実桜の花しらしらと土に降るつまらないことしたのはカイン

色淡き絵本のなかのもめごとに涙垂れたりパンの絵にじむ

もの言わず硬貨を落とし購えるホープたしかに手は摑みたり

薄き紙一枚燃やす火のなかに体が急ぐ入り口が見ゆ

駅舎

シベリアに帰り忘れて白鳥の蕩けるような一睡《ひとねむり》かな

これ以上やわらかくって何になる紙でつくった桜花びら

雛祭り　ひとの小さいくちびるが夜だけれども明るいと言う

*

人を待ち季節を待ちてわが住むは昼なお寂し駅舎ある町

ほんとだろうか

また夢にぶら下がりながら泣いているどうやったって外れない鍵

逆光の黒いアカシア花零すこぼれた花は白く重なる

深爪の痛みのかすかわずかなる悔いが生まれる、ほんとだろうか

胸と胸よせて愉快に下りてゆく坂の終わりに海はひろがる

ゆく人の振り向く仕草のやるせなき橋をゆらして夏の夕風

夕川に木の影とけて流るるを橋の上より見て帰りたり

金蛇がほそながき尾を草に巻く　夏蔭にする軽き錯覚

それきり

良い音だ耳の仕組みのすみずみをわかってるんだ真夜中の雨

群生のこの黄の花の名を尋ねそれきり今日の言葉が尽きる

今日きみに絵葉書おくるおとなしくなったわたしの秋の挨拶

このへんに脱いだと思う靴がないくるり見回す夏の最後を

晩秋の朝は耀う　すすき穂は死んだあなたがゆらしているか

風吹いて樹がゆれている雨降って樹が濡れているわたしの胸に

必ずという約束はあまにがい優しく曲がる道を歩けば

脆弱

つよい雨聞こえる夜のくるしみは人を壊すか〈壊す〉と思う

枯薔薇いろの海

きらきらと衰え朽ちてゆくものを見よと指さす、指も滅べよ

旅の荷を解いて思えばふるさとは実《げ》に暗暗と海に抱かれる

毛衣のロシアの男降りてくる錆びて大きな船の腹より

甲板に灰色の雪　船員もわたしもだれもみな不仕合せ

抽斗に枯薔薇いろの海隠す　寒い胸などだれも覗かぬ

「だわざわ」とこれがわたしの海の音すべての夜にうろたえる音

即興のおとぎばなしの声は母　ひとの生死に脈絡あらず

町の底ひとりマッチを売っている　なんの因果で寂しいのだろう

携えてゆく一冊を選ぶべし明日海のない町にゆくのだ

船はみなどこかが赤くさびていてさながらそれが裂傷のよう

体裁のないロシア船出港す半透明な冬のおわりに

楽音にこころ注いでいるうちに雲母雪《きららゆき》ふる春は来ている

座礁したロシアの船の血まみれをもて余しして青く澄む空

草原オオカミ

冷静に判断すれば親友は一人もいない　傘折りたたむ

冬日暮れ草原オオカミ呼び交わす有るだけ全部こころ聞かせろ

雪まみれ逃げる捕まる繰り返し夢の外へとみんな転がる

斬ることも斬られることも無い世にて「真心」という言葉からかう

鈍刀を腰に下げたるありさまで言葉に負けてとぼとぼと行く

帰り道たいして暗くもない夜が春とわが身を取り成すように

緋も朱も紅も

感情のつなぎ目を折り折り畳み雨止めばゆく、静かな林

硝子拭くこころは唱え止まぬなり青大将は青草のいろ

恋遂げてあとは晩年そのような明《あか》きひかりに塵ほこり浮く

川のふち好んで歩くあなたから低き歌声さらばおさらば

きょう終わる桜の下で泣いているあなたの影があなたもろとも

冒険をしないわたしのふるまいの範疇を出ず苦楽愛憎

星月夜　影はかたちに添うばかりわたしに背丈なければ歌も

紺の影あまく燻ゆるを曳いてゆく口づけをして裏切るユダは

花咲いて花散るまでのいくにちを丸腰でいる侍の影

未だ逢わぬ声さえ聞かぬ一人《いちにん》が夢に来てするせつなきことを

等身を映すか夜の窓ガラス　緋《ひ》も朱《しゅ》も紅《こう》もわれに似合わず

等しからずも

そういえば夏のはじめはこの道はあかしあの花こぼれていたな

胸のやや弾むここちに下り坂カーブしてゆく夏の海へと

消え残る月ある空を「振り返る」「振り返らない」わたしが決める

死んじまった人たちばかり思い出す舞台の袖の暗いところで

汗に濡れて背中と肩が息をする確実にかなし他人《ひと》のからだも

みずいろの頼りない空さむい空　消《け》のこる月が歌のきれはし

ましぐらに行くから来るから落葉松《からまつ》の秋の林をわたしの犬が

弾く人に問えば答えは簡潔に「暗くなったらそこからが夜」

風の日は散り散りになる千よろずの葉は木にとって何だったのか

「おいら」ってサスケがサスケを称ぶような木枯らしのなか何処に帰ろう

すでに海　藍に暮れたり倦むわれと匂い似ていて等しからずも

いちころ

銃弾はeau de Cologneは神託はこの世の身体いちころにする

「おねいさん死んでしまえ」とカトレアを冬のこどもに贈られにけり

うらぶれてすすきの側に立っているわが産み捨てたよわい鬼なり

かたちへのたかが努力に疲弊して冬を歩みぬひきずりながら

水雪にすこぶるぬれし深靴を火は乾かしぬ火の寡黙さよ

涙おとしやがて静かに立ちあがる帰り遅れた白鳥、おろか

目隠しを外してみれば刃をたてていたのは春の棘、枝葉、風

片膝をついて礼《いや》せるはじまりと終わりのこころたいせつに抱く

胸ひらき命賭けてとひとの言う残る寒さに唇を捺す

がらんどう

こいびとの非を打つときも「君が代」を歌うときにも唇うごく

冷淡な号令のあとどの人も横顔になる横顔さびし

したためて矯めつ眇めつしておれど私事はわたくしを出ず

逃げ帰るあしおと響くがらんどうあなたのほうがひとりになった

口に口つけてちいさく歌いつつはるばると来てはろばろと行く

丸いパン一つのための忍耐は嘘は祈りはざらら砂色

粗布を腰にまとえるかなたより求めつづけていたような月

おそろいの白い上着の睦まじくまたすさまじくさびしいふたり

娶られて娶りて並ぶ透けるほど若きふたりはわれらにあらず

書き割りの砂丘を越えるインチキをこころがらんとするまで見せよ

しゃばだばだ

乳色に霞ながれる春が来て山賊海賊みな眠くなる

水際の男と女しゃばだばだもつれ合うってどうなんだろう

「暗いのに置き去りにしてわるかった」今年の桜散り終わるころ

誠実なひとにも卑怯なことばにも縷縷縷縷縷縷と花降りそそぐ

どんぐりの四つの音はあくまでも徹底的に垢抜けずあり

パンの屑ちいさな鳥に撒いてやる屑とはかけらこぼれかすなり

漂うあたし

夏祭り過ぎて去年の雨を言う父のいちねん淡くあるかも

写真《うつしえ》に脚をそろえてわが立つをわが見るいよいよ悲しくなりぬ

夕ぐれをこちら側へと寄せてから静かな音にカーテンを引く

背を向けて歳月のなか孤《た》つひとが母親だったりあたしだったり

雨去りて涼しき風の手のしぐさ両のわきばら撫で上げられる

起きぬけるここちは沼を上がるよう松葉色して孤独の沼を

ひとのする小さな罪を睡蓮がすいと引き寄すへりに立つなよ

一匹は細くしずかな尾を上げて湿った土をあゆみはじめつ

ゆるい蜜スプーンに計るすこしの間あらわになっていたあたしかも

あたらしき手帳を買いて栞ひも年末年始のあいだにはさむ

雪　豹

真夜中の吹雪が家ごとゆするので眠れないひと眠らないひと

雪豹はヒマラヤを下り街へゆき人と暮らして子を盗られしや

いつわりとまことと折衷する伽《はなし》ちちははが子に夜な夜な聞かす

ある国のむかしむかしのしあわせにあくびをひとつ嚙み殺すなり

*

途中よりいそぐわたしが手拍子に修正されて曲おわりたり

山折り谷折り

きっさきをみごと揃えて水仙の芽は土手にあり土手を歩めば

慟哭のうしろすがたと名づけやり折れ曲がる樹の片方《かたえ》行き来す

水匂う　「やがて春」とは人びとが橋渡るとき口ずさむ歌

糊代であるべきところ大切に鋏めぐらせ紙細工する
正直なことをしている迷うなく線のとおりに山折り谷折り
スケルトンタイプと呼ぶが流行し透けてあるなり物の仕組みが

自問

どこからを夜にするかと自問する時間か暗さか心延えかと

暗い海に泳いだ憶えのないことにたどりついてわが思うこと止む

着ることのでたらめになる老境かシャツをしまえと父を叱りぬ

しんみりと晩に食いしは蓬餅　季節の後をわが追うばかり

市役所に郵便局に靴あらう水場ありけりむかしの春や

咲き揺るるエゾエンゴサク沢すじに間奏曲のごとし　明るし

前《さき》の冬おもむろに去り水の辺に土くれ光る　今日から五月

樹の下につづらのような蜂の箱やがてつづらに花びらは降る

雨垂れは甘怠れなるやひるすぎに物憂く他人の器量うらやむ

水溜りなければなにを跨ぐなく細道かようわたしの体

いっぺんにさびしくさせる歌がある靴屋に靴がならぶことさえ

かすてらの茶色の部分の質感にたとえてこのごろ夜をおもうよ

掬いとるマンゴープリンと一心に寄せゆく唇《くち》と　ここに温度差

悲しみを抱く女神

息絶えるまでの錯乱　なきがらのほぼ全裸とは整うはなし

夏の夜のベッドのうえにあきらかな死を得るまではあがく肉体

放る花束　終わりの日々の感情がうきしずみする寂しい海に

すこし疲れて抱く悲しみは灰色の海だと思う八月四日

言葉でも心でもなく肉体が生きた時間のあとしまつする

からっぽの宝石箱に蓋をしてわたしをどうか馬鹿にしないで

ラストシーンは濡れたるnude永遠を奪われたのか捧げたのか

スクリーンに影よりほかは映らぬを女神になるまで立ちつくすひと

灯蛾

あなたはね美しい噓わたしはねやましい灯蛾つめたい夏に

ささやいて体を離す卑語猥語これは記憶か予感かしらず

手の甲になみだをぬぐう然れどもなみだつぎつぎ太ももに落つ

ひとつの季すぎてゆく日の感傷は実に淫びな照り雨降らす

思い出か夢か朽ち葉かいずれもが音立つるなりひそかにあれど

蜜のみにはぐくまれたる甲虫の隠し事なりやさし膜翅

海であり夏雲であり死にかわり窓をつたわる今は雨なり

ねむりつつ憂えるかたち銃身に消ていて夜明けだれとも見えず

欲すれば「奪れ」というこえ谺するかなしき谷の底方をあるく

ああ雨が降っていたんだ声もやや傾いていているひくい方へと

聖ガブリエル

裸婦像の揺るるるなき髪この秋の陽を受く右の乳房とともに

なかぞらにガブリエル来て降らせゆく金銀の葉を肩よりはらう

黄落の朝なる道を行き行かば聖ガブリエルささやくような

祝辞

まふたつに割られし月ののぼりたり冬の夜空の晴れをあおげば

出てゆきしままのかたちに泥みたる部屋に帰りぬ　月あかり射す

芥子の粒ほどの悪意がみごとにも散らばる祝辞　星空を見よ

シャンプーのポンプを押せば手ごたえのそれなりにある夜更けなりけり

雲うごき仄かなれども満月は今夜いくどか雪みち照らす

熱《ほとぼ》り

弱い雪ためらいながら降《お》りてくる熱《ほとぼ》りのある男女の世へと

エンディングロール下から上へ流るるを自分の首を触りつつ見る

泥濘にひとを追う夢よごれたる裸の腰を恥じて終わりぬ

結果

春波の白さのためにエンジンを切る、しばらくは続く波音

海に沿う国道をゆく自動車がどれも一途にライトを灯す

ガラス戸の桟の埃は日当たりに優しい結果として存在す

霧雨のまといつく宵いちにんと今生にするたしかな別れ

われもひとも傘をひらけば翳りたり港に雨の降ることさびし

うたの中にいつか為したる嘘ありて心はそこにしのびこみたし

伽羅の香を薫きしめて待つ　ひとでなくひとの遺せるかなしみ来るを

残り香か雨の匂いか幻の背丈がドアを開けて出てゆく

＊

かなしみをかなしむために海と逢うシャツに釦があれば外して

夏草はぬれて吹かれてかがやきて情と非情と憩わするなり

海の果て西方浄土在るごとし今日入水する男女あらねど

六月と七月と過ぎ紫陽花の秘密をことし聞いてやらずも

耳朶撫づる湿りし風は夏の夜のほそく開けたる窓からのもの

死してゆくところに夏は秋冬はありや蕊ある花は咲けるや

夏向きのダリアヒマワリ唐菖蒲　現世にありて鮮しき色

酢を振りて海鞘《ほや》のしゅいろを噛むときはとおい夏へと心遣るべし

情

つゆくさが露と睦みて咲きている夕刻のこの片隅の世に

瑟瑟と秋の情《こころ》をはこびたる羽織れるシャツの襟にある風

届きたる写真に雲のとどまりて「八月終わる頃」と名はあり

六月の転居のまぎわ贖いし紅しょうがなり使いおわりぬ

連れてゆけと涙の垂れしことのある　揺れはじめたり今年のすすき

明け方のまだついている街灯にこころ寄りゆく立ち迷いつつ

実をつけて草揺るる候　読み捨ててほしいと添えて手紙一封

ゆきのふもと

冬紅葉ひとは憂いを離したり午后のかがやく小径めぐりて

河口あり揺蕩う水の笑みがあり前からおなじ今日のさびしさ

禅寺の屋根夕映えて一日のうつくしさゆえする断念や

見知らぬに実になつかしき壮漢が「ゆきのふもと」とことば遺しぬ

遺髪あらば橋より放つ〈朱文別〉雪がふるゆえ明るくてあり

花降れるごとく雪降る今の世を霊柩車発つ警笛鳴らし

海に沿い麓に添いて国道は美しく曲がる凍てかがやきつ

凍る橋　橋の心は問いかけを拒めり、しずかにしずかに渡る

粗壁にもたれて瞑る全裸ありて冬日溜りはここに調う

猫柳わがゆびが触るこの銀ははにかみていまこころに入り来

吉事

雪原に破線のごとき歩みあと　ここを切り取るこころ切り取る

バスの窓つぎつぎくもる本日は冬のおわりか春のはじめか

ひとに会う幸いのため選びたるうすみどりかな雪ふる四月

花の水替えて陽のなか今朝おもう褪せる朽ちるはこれ吉事《よごと》なり

踏みしめてわれは立つべし青あらし四方より激しき声にて呼ばる

草脇

逡巡をするものはみな愛おしい影であろうとひとであろうと

春の陽のまともにあれば一身の影は濃くなる悲しみによらず

うたたねや腕にのせたるおとがいはしばしば溺るその沼が春

今朝も告げず　バックミラーに見るときのちいさきさびしき町並みのこと

冥途ゆくひとがにわかに立ち止まりここに差し出す雨傘日傘

草脇を撫でてもらいし牝馬たる記憶をもちて君と野に立つ

夏雲のつよくゆたかなところにて弾めるごとく笑いき　ある日

曇り空　躰はしずむところまでしずむが愉楽あお向きながら

蜘蛛の網　半分ほどは破れたり朝毎にみて払い落とさず

抒情あり　尻からつづく太股に　成人雑誌陳列棚に

夕立の残しゆきたる涼しさをあなたがいればあなたに捧ぐ

修羅修羅（旧かな）

護衛艦ちくまを入れて灯りたる眉墨いろのまなつの埠頭

雨宿り雨をみてゐる雨粒の落つるほかなき幸と不幸を

雨のあと終はれる花と咲ける花　季のあとさきに修羅修羅そよぐ

かんばしきメロンを切りてそなへたるも死者も生者もあらはれざりき

たそがれの夏の歩行のさびしもよこころうつしみはなればなれに

いつはりがうすくらやみを照らすなり　他人に恃むはこのくらゐ迄

笹舟はつつましきもの運ぶふね　氷菓の篦や死にたるほたる

人絶えて秋になる海　うるはしき曇りの空を伴侶にむかへ

だまし絵の階段昇りみなそこへ旅するやうな光線が見ゆ

満潮の群れなす水母掬ひ捕りたてまつりたし晩夏の贄に

まちのほとり

影踏んで影追いかけてかわたれの影あるゆえにあなたを愛す

黄昏がうつくしきもの見するなりまちのほとりのゆきちがう影

それでも、とこころにいくどもくりかえし歩み着きたりまちの辺《ほとり》に

祭壇に秋の花あるすなわちはあたたかきかな火のゆれてある

ゆかざりし今年の秋の果樹園に陽はやさしくもかさなれるらし

眠るまえの眠るこころをおさえけり急須のふたに指おくごとく

夢の端

石みちに石を拾いて帰りたりめくれる夢の端に置かんと

ゴンドラにひとりゆられて着きたるは口紅供養する冬の岸

霜野原この世におもうひとありて死者通うかなうつくしき音

墨文字のまだぬれている卒塔婆なり冬の陽のなかしばし寝かせよ

冬晴れを分かち合いたき一人《いちにん》が笑みているなり樹となり果てて

袖あらぬ着物まとえる雪鬼は腋窩にやさし熱《ほて》りはさみぬ

帰らぬと決めたるような踵なり雪積む夜の道鳴りいずる

置き手紙こよなくさびしさびしゆえ文字わすれて冬山に入る

薄情な匂いするなりたなごころ窪ませ受くる水石鹸は

うつつごころ

沈む陽を見に来てすこしもの思う〈したたる蜜〉を実は知らない

歩行するかもめの気持ち縁石をまたいでずっと歩いてゆけり

かなしみに関わりのなき落涙をおのれにゆるす灯ともしころや

ブレーキが音をのばしてそのあとはなんとしずかな春の夜だろ

あお魚　酢のかがやきに沈めたりあなたがいいと言うまで無言

昼過ぎの徐々にあかるくなる春がうつつごころを小川に誘く

汗ばみしのちの寒さや放蕩のこころがからだに戻れるごとし

雨だれのリズムは直に額を打つ眠れないのか眠らないのか

屛風絵の中の翁が明け方に着せてくれしか　あたたかきかな

くちばしにくちばしさして餌をわける鴉は鴉の子をやしなえり

たましいを押し拉ぐごとく身を折りて祈念断念いずれの人や

エレベーター扉が開き夏野へと僧形のひと降りてゆくなり

たちまちに夏のはじまる橋のうえ雨上がりにはよい風吹いて

朱色の鯉

六月の八日はしずかな昼下がり水しずく付く蜘蛛の網あり

ほそき糸に微々たるしずく付着してこの現実はまぶしくなりぬ

にごる淵しゅいろの鯉を呼び寄せて幸《こう》か幸《さち》かと尋ねてさびし

彦星と姫星わかつ砂川の底にとかげのからだ透けゆく

世におらぬ人と向き合う晩餐の皿にしゅいろの鯉が横たう

満願（旧かな）

冥途より来たる紋白蝶《もんしろ》　黒放つ柩車の先へゆきてまばゆし

夏夜空　星たち私語を止めざるをわれはひとつの言葉失ふ

より高き夜空をさがす花火かな咲きたるのちのながきさみしさ

まどろみに聴く弦楽の高くひくくわが身は汀に運ばれゐたり

甘菊の多《さは》なる花弁ほごす夕　ねがひの一つひとつがかなし

恋ふことは問ふことならむなにゆゑぞ夏蔭に似るあなたであるか

蟋蟀と揚羽蝶

こおろぎが鳴いているなり三時半やさしき青は窓の内外

蝶になり明るい場所に居るなんて死霊というはさびしがりなり

揚羽蝶こえをのばして去りたると風に告げらる夏の果てなり

秋天にうす雲のある今朝のこと靴履きてのち傘にまよいぬ

日の暮れて川に町の灯映りたる町よりもっとさびしき灯り

高速路法面《のりめん》に咲くむらさきの秋の花見よ　明日ゆくならば

雨の日の傘かたむけて見送れば人は手を振るいちどならずも

音

秋の奥ここまでをきてそれぞれに音《ね》のあるほうへ別れゆきたり

降り口ゆひとり降ろしてバスはゆく路肩の落ち葉また集まれり

飛ぶときのカモメの脚の行儀良ささらにさびしく敬語用いる

蠟燭が尽きてみずから消ゆる音《ね》はこの世にそっと美しきひとつ

白き芥子さがし歩いたいにしえの記憶うすらとあるようなわれ

二月の踵

録画されしわれにまばたき多きこと粉雪はらうごとく哀しむ

真夜中の氷池にひびの入りたるか緋鯉でありし緋引き攣る

軽くおせば易しくひらく扉《と》はありてゆきかぜ入る弱法師入る

たまさかにわたしの眉に降りて来し雪のひとつぶもはや別れぞ

凍み凍る梯子階段てっぺんに逃げる二月の踵が見える

美しき林がありてほれぼれと入りゆきしわれいまも戻らず

世界から切り離されたような朝　防雪林のしろがねのいろ

戒名

百の川あれば百回濡れる脚　探しに来よと声によばれて

ゆきぐもが朝を包んでやさぐれる灰色の目をしているのだろ

二の腕に額をのせて目つむれば薄い波ある真冬の川だ

つま先に小さきものが来て座るわれをしばらくうつむかせ居る

死者不死者ワンマンバスに乗り合わせ降車ブザーをたれも押さざる

戒名のうるわしきかな春の歿　〈江月信女〉〈静海大姉〉

臆病な鬼が靴履き出で行くもすぐにわたしの闇に戻り来

腰背中どつかれながら立ち止まる冬より寒い春のいりくち

ひさし屋根しろいむくろのようなもの置きっぱなしで春の日の影

みずゆきがガラスを伝う伝わせて三とせ乗りにし車と別る

冬のおわり　カモメがカモメの生涯を諾うように流れてゆきぬ

さみだれ

四月尽ストーブの煖欲したり気づかなかった沁みていたんだ

うす雲に半ば隠れる月を見るコートの前を合せ直して

あたらしい石鹸剝けばカレンダー捲ればここにきている五月

さみだれにドラッグストアけぶりつつ忘れ薬を売るにあらずや

明け方の寝床にほそく入りくるこんなつめたいからだになって

美笛峠

痩せた樹のここにこうしてつかまって叫んでいるけれどひと夏のこと

どんな霧をみてきましたか何故ですか応答あらぬ夏木立かな

明々とお花畠という地獄どちらを向いてひとを待とうか

七夕やかぜの短冊せつせつと声たてながら表裏見す

今日了えて窓閉ざすとき聞こゆべし美笛峠の霧雨のおと

四つ足を折り曲げしまま木の馬が廻り続ける夏の架空や

弱りたるこころを抱いて立つときに白線という拠所あり

雨あがりもうおおかたは乾きたる夏の路面のすれすれに翅

いい風にあたってきたよ離脱したからだが戻りしなに呟く

とうふ屋にやまず流るる水ありて鼻っ柱は涼しくなりぬ

座布団をすみに積み上げ広座敷　朝かげのつぶあそばせている

木の葉舟

木の葉舟　記憶にもなきことなれど父のあぐらのなかで睡りき

未来世のごときむかしとおもうとき猫ほどのわれないて居るかも

いちめんにゆるる秋桜浄土へとくるまばったのしずみゆきけり

枯葉蛾のまこと枯葉に消ておれば微動するなり月かげ浴びて

薄翅のひと夏きりの契り得て精霊ばった精霊とんぼ

まだのこる夏の端《はたて》に波寄せて寄せている間の木の葉の舟や

行先に背を向けて漕ぐ小舟なりきしむ声とは悲鳴／歌／息

不思議

生きるめぐりに不思議の色はこぼれいつ丸花蜂の運べる花粉

海知らぬ山幸姫は晩年に真珠の不思議みつめいるかも

秋は雨　断言ひとつ安らかな深いところへ先に落としぬ

ふたつ耳

取り外し水道水に濯ぎたるふたつ耳かな立冬を聞く

結露しつつ月の真下にわたくしをいますこし待てやさしアルトよ

枯れ菊に雪ふりつむはさびしけれどこれはこれでも良しという評

うすめ開けて暗いところを見たけれどつまらなそうなひつじの歩み

絨毯につまさき半ばしずませて素足に聞けり冬の訃報を

しずかさのファンヒーターのかたわらにひとつかみほどの眠りがありて

*

日当たりに雪を崩してざくざくと春呼ぶ音を立てており父

わたくしに父よりあらぬさぶしさよざらめの雪を踏んで訪ねる

駐車場すみに汚れて残りたる雪は朝々ミラーにうつる

だまし舟

黒き犬　木と木のあいだゆくときの尾はかすかにぞ幹にふれしな

したたかに利き手ははらいとばしたり通夜の正座の膝のカメムシ

惜春のそぞろこころは一冊を読み余しここにだまし舟挿む

日月のはやき流れに放ちやる小舟はくるりやがて去りたり

投げる匙カラカラコツンと落下して床にしずかな影はうまれる

けんけん

にんがつのさびしき仏けんけんをしておりぱあとひらきつつ消ゆ

解説　底ふかいかなしみの歌

藤原龍一郎

「ひとはかなしいから詩を書くのだ。」これは、前衛俳句の雄とよばれた高柳重信の言葉である。阿部久美の短歌を読むと、この言葉が詩歌の永遠の真理であることが実感できる。言い換えれば、かなしみを詠うことは歌人の使命なのだということである。そして、阿部久美はその使命に忠実に詠い続けた。詠わずにはいられなかった。

わがうなじそびらいさらいひかがみにわが向き合えぬただ一生《ひとよ》なり

この一巻のタイトルとして選ばれている「ゆき、泥の舟にふる」一連の中の一首。要は存在こそがかなしみなのだという認識を簡潔に詠っている。「うなじそびらいさらいひかがみ」と肉体の各部の呼び名をつらねることで実感を深めて、「わが向き合えぬただ一生《ひとよ》なり」との下句で、永遠の不可能性を問いかける。この歌の主題ばかりではなく、構造にもこの歌人の表現意識が貫かれていることは記憶しておいてほしい。歌集一巻が即ち歌人そのまま。レトリックではなく、本質としてそうなのだ。

〈一つとせ〉暑き苦しき夜ありて春歌つぶやく唱うにあらず
人を待ち季節を待ちてわが住むは昼なお寂し駅舎ある町
つよい雨聞こえる夜のくるしみは人を壊すか〈壊す〉と思う
写真《うつしえ》に脚をそろえてわが立つをわが見るいよいよ悲しくなりぬ
泥濘にひとを追う夢よごれたる裸の腰を恥じて終わりぬ

苦しさ、寂しさ、悲しさがそれぞれの歌の芯に流れ、それを表現するのにもっともふさわしい言葉を呼び込んでいる。「春歌つぶやく唱うにあらず」という救いのないモノローグ。「人を待ち季節を待ち」過ごす日日、劇的なことなど何もないただただ平板な人生の時間。「人を壊すか〈壊す〉と思う」との存在に関するぎりぎりの自問自答。「いよいよ悲しくなりぬ」というどうしても悲哀へと傾いてしまう感情とそれをとどめることへの深い徒労感。泥濘に人を追うというなりふりかまわぬ感情の発露も、裸の腰のよごれに気づいて終わってしまうという興ざめな目覚め。その絶望。

突き詰めれば、喜怒哀楽の「哀」へと収斂してしまう感情の揺曳とその陰翳を、これほどさまざまな角度から歌の表現にして見せる執念と技量。それはまぎれもなく、歌人阿部久美の個性であり、やや大仰な言葉をつかえば「宿命」なのかもしれない。そしてもちろんそれは、歌人としての大きな武器であることはいうまでもない。

この歌集の作品のもう一つの特徴として、風土性の濃密な歌のリアリティということを挙げておきたい。

ゆっくりと春のくらさに雪が降るちいさく悲鳴聞こえて終わる
冬に裂け冬に折れたる白樺に芽吹きをさせて四月が去りぬ
われもひとも傘をひらけば翳りたり港に雨の降ることさびし
甲板に灰色の雪　船員もわたしもだれもみな不仕合せ
雨のあと終はれる花と咲ける花　季のあとさきに修羅修羅そよぐ
より高き夜空をさがす花火かな咲きたるのちのながきさみしさ
雪の声かなしきことをたずねあいおちてくるかな暗さの夜に
歌のなか冬の荒ぶるおんないてわたしのようでわたしですらない

何首でもきりなく引きたくなる。阿部久美は北海道の西北岸の留萌市に居住している。自分の生まれ育った留萌という町への愛憎が美しくまた救いのない言葉で詠われている。

雪は春にも降り、その春も暗い。そして季節の変化は悲鳴によって告知される。冬に傷つけられ、満身創痍の白樺は四月になれば芽吹く。それは救いではなく、また次の冬の被虐のための再生に過ぎないのかもしれない。留萌には港があり、ロシア船が停泊する。雨も雪も港の風景を塗りつぶすように降りしきる。そんな町に住む者も上陸するロシア船の船員も不仕合せでしかありえない。季節の変わり目に枯れる花、開く花も修羅修羅とそよぎながら亡びへ向かうほかはない。夏の花火もまた港で開催されるのだろうか。色彩豊かな花火が夜空に咲く。しかし、花火は暗い夜空に寂しく呑み込まれる。やがて、再びの冬。夜はひたすら暗く、雪は陰陰滅滅と降りしきる。ここには抽象化された故郷の風土へ、親和できない表現意志が揺るぎ、悲鳴をあげている。どれだけ言葉をつくして、詠っても詠っても決して風土と相容れることのない歌人の精神のありようはせつない。その悲痛な存在の軋みが、息詰まるほどのリアリティを生み出している。そうでありながら、歌の印象が澄明であるのは、歌の言葉が気分に流されず、緻密に神経をそそいで選び抜かれているからだろう。そして時に、思いもかけないものの見方が提示されて、驚かされる。

飛ぶときのカモメの脚の行儀良ささらにさびしく敬語用いる

たとえばこの一首。カモメは空を飛ぶときに、律儀にきちんと両脚を揃えている。それに気づいた阿部久美の感性は、それをさびしさととらえて見せる。飛翔する際にも、奔放にではなく、行儀よくしてしまうカモメは即ち作者である。そして自分は人間関係の中でも、敬語を用いている。本当は日常の規矩を超えて、思うままに生きていきたいのに、思わず、丁寧な敬語を用いている自分に気づいてしまう。その底知れない寂しさ。カモメの脚から、敬語へと移る心理の過程は繊細な神経の戦ぎを証している。

もう何首か捨てがたい歌を引いてみる。

日の暮れて川に町の灯映りたる町よりもっとさびしき灯り

録画されしわれにまばたき多きこと粉雪はらうごとく哀しむ

美しき林がありてほれぼれと入りゆきしわれいまも戻らず

わたくしに父よりあらぬさぶしさよざらめの雪を踏んで訪ねる

哀しみ、寂しさと言葉にしてしまえば、類型的に聞こえてしまうかもしれない。とはいえ、詠わずにはいられない。そのぎりぎりの感情の揺曳から生み出される言葉、それらの言葉が韻律をまとってつらなり、一首一首の歌になっている。ここで冒頭の高柳重信の言挙げを再び思い起こす。「ひとはかなしいから詩を書くのだ。」――この詩歌の永遠の真理にきわめて忠実に、底ふかいかなしみの歌として、阿部久美の短歌は存在する。

行先に背を向けて漕ぐ小舟なりきしむ声とは悲鳴／歌／息

あとがき

第一歌集以降の作品を整理しておきたい気持ちになった。まずは、その前半にあたる一九九九年から二〇〇八年ぐらいまでの作品をまとめ、『ゆき、泥の舟にふる』と名づけて、本集をわたしの第二歌集とする。

新仮名遣いで作歌していた時期のものであるが、一部旧仮名遣いの作品も混じっている。

Ⅰの章にはやや分量のある連作を収めた。いくつかの賞への応募作品と、専門誌の特集や研究会に参加し、テーマをもって制作したものである。

Ⅱの章は所属する「短歌人」に月々送った作品からのものである。ほかの結社誌や総合誌に招いていただき作ったものもある。

取捨は自分で行なったが、残したものが優れているわけでもなく、いずれも拙い作品ばかりである。古いものは十六年前の作である。面はゆいものもあるが、今の自分がなぐさめられるようなもの、捨てがたく愛着のあるものを心にしたがって残した。

忘れていた古い作品を読みかえしたわけだが、どういう状況で、あるいは、どういう気持ちのありようでその歌ができたのかは、さほど忘れてはいなかった。自分の歌は空想・幻想・捏造と感じているわたしに、これはすこし意外なことだった。作品と実生活との関係は、自分が考えているより親密であるようだ。歌集稿をまとめる作業しながら今回、いくどか思ったことである。


藤原龍一郎さんに解説を書いていただいた。藤原さんには、わたしの短歌のはじまりのときから今にいたるまで、ずっと作品をみていただいている。これまでなんどもなんども背を押してくださったこと、このたびも親身になりご助言いただいたこと、さらに解説文までお引き受けくださったこと、すべてに、心から感謝を申しあげる。

六花書林の宇田川寛之さん。矢吹写真館の矢吹尚也さん。お世話になりました。いろいろ願いを聞き入れてくださってありがとうございます。

わたしに多くの刺激と励ましをあたえてくださる「短歌人」のみなさま、影響をあたえてくださる親しき方々、ありがとうございます。

そして『ゆき、泥の舟にふる』を手にとってくださった方に心からお礼申しあげます。
ありがとうございます。

二〇一六年　文月

阿部久美

ゆき、泥の舟にふる

2016年 8 月19日 初版発行

著 者──阿 部 久 美
〒077-0028
北海道留萌市花園町4-5-1-201

発行者──宇田川寛之

発行所──六花書林
〒170-0005
東京都豊島区南大塚3-44-4 開発社内
電 話 03-5949-6307
FAX 03-3983-7678

発売───開発社
〒170-0005
東京都豊島区南大塚 3 -44- 4
電 話 03-3983-6052
FAX 03-3983-7678

印刷───相良整版印刷

製本───武蔵製本

定価はカバーに表示してあります
ISBN978-4-907891-30-5 C0092